攝影 ‧ 詩

詩　情　攝　意

文字‧影像

曾進發

2016-01-20 攝于 中國 四川省 九寨溝 花火海

目次

第三部 **情感**

用美麗的距離看情愛　116

五十歲，可以開始追夢了！

嗨！五年級的同學們，重新開始追尋年少夢想為時不晚唷！

對於生於民國五○年代，被稱作五年級生的我們這一代已經步入中年的人來說，生命是充滿希望、多采多姿的！前提是你一定要夠努力！

回顧一下我們五年級成長的環境，大抵來說是個「民生物質」匱乏，「精神物質」豐沛，充滿機會、充滿希望，每個人都充滿鬥志的年代。提供一些那些年台灣具體的經濟專有名詞大家就更容易理解：農業時代、工業時代、十大建設、客廳即工廠、經濟起飛、經濟奇蹟、科學園區……

這個充滿希望的年代也讓很多中下階層的人充滿人生希望……只要肯努力就有機會「翻身」與「脫貧」。學習一技之長、讀書拿文憑……便成為脫貧的最佳工具。有聽過一些歌嗎？〈流浪到台北〉、〈惜別的海岸〉、〈媽媽請妳也保重〉到〈我的未來不是夢〉、〈向前走〉……大概就是我們這一代當年歌。充滿希望，唱歎「脫貧翻身」的心聲了！

我雖然生活在苗栗縣竹南鎮崎頂里靠海邊的貧困農村，但是從小就很愛寫作。也許頗具天分，從小到大也曾獲得不少讚美與獎勵。大學讀中央大學中文系，經過驗證也肯定了我頗有創作才華，甚至被文壇前輩譽為將成為未來文壇亮眼新星。但是為了「脫貧」我棄文從商封筆了！我怕呀！我怕當作家會脫不了貧養不了家糊不了口呀！

我的文學「創作夢」其實一直存在。就像曾經刻骨銘心的老情人記憶一樣，每每在午夜夢迴時將我喚醒，要我內疚、要我遺憾、要我道歉。

我背馱著這份對「自己」對「文學」的遺憾與歉疚的包袱直到五十歲。

您會問我為何非寫詩不可，不能搞點別的嗎？我其實頗贊成李白說的「天生我材必有用」，典故應該來自孔老夫子的「有教無類」。從小我就很認命很認真地找出我與其他人的差異，也就是找出我與別人不同的天分在那裡。除了比較會讀書外，我覺得我有文學天分，尤其是寫「詩」。

至於「攝影」則要感謝臉書。近幾年來臉書風行成了全民運動，可是我有「詩」無圖，老是到網路借圖也不是辦法，因此認真「拜師學藝」學攝影。想不到網友對我的「攝影作品」讚譽更勝於「詩」。真是「無心插柳柳成蔭」呀！

五十歲脫貧成功了！五十歲閱歷豐饒了！五十歲思維成熟了！五十歲了！真的要對自己好一點，把年少時代為了生活而犧牲掉的理想找出來，將自己的人生缺角填滿，生命更圓滿！五十歲，我重新拿起熱情的筆，因為「筆」也拿起筆的好朋友「相機」！找回自己最初的想戀，「我手寫我心、我心攝我影」。「詩」和「攝影」將會是我在未來生命中，陪伴我享受孤獨享受生活的最佳伴侶工具！

五年級的同學們，您是否也曾經午夜夢迴，對年少理想充滿歉意呢？

剪除一些物質慾念吧！找回年少的衝動熱血和理想。也許您的夢想是繪畫，也許您的夢想是開民宿、開餐廳、捏陶、雕刻、歌唱……追求夢想，只要我們有行動，永遠不會來不及！

2016 07 01　　曾進發

第一部

山水

2016 04 09 攝于 日本 山梨縣 河口湖

山水——

生涯一片山水……天人合一的人生

人的一生是一連串尋找自我、看清自我、肯定自己的自我實踐旅程。說來簡單,執行起來卻異常困難,原因是人類在三千多年前創造了「維持社會秩序」同時「桎梏自然本性」的禮教!

就這樣大多數的人被教育成「禮教」即是「人性」。從小到大,每天戴上禮教製成的面具行動;傳誦禮教所定義的生命意義;追求禮教所指導的生活價值。至死不渝,執迷不悔。

然而,生命其實沒有那麼被馴服,電影《侏羅紀公園》的經典名言說得最好:「生命會找到自己的出路……」(Life will find a way)。對生命本質了解透徹的中國哲學家也告訴我們,生命的意義要從自然界裡尋找;要從山、水、鳥、獸、蟲、魚……去尋找;從日常生活中去尋找;要從內心深處去尋找。

宋朝《指月錄》用「山」與「水」闡釋人類自我追尋的三階段過程最精闢傳神。「見山是山,見水是水;見山不是山,見水不是水;見山還是山,見水還是水。」第一階段「見山是山,見水是水」,所見到的山和水是世俗禮教所定義的山水,我們一生下來就沒有懷疑地遵從。第二階段「見山不是山,見水不是水」,所見到的山和水是自我追尋過程中的「質疑」與「證悟」,尚處於混沌狀態下所看到的山水。第三階段「見山還是山,見水還是水」,則是找尋到「真我」,心中的山水與眼中的山水契合共鳴,達到「天人合一」的境界……

這絕對不是老生常談，人的一生實在太短暫，咻的一下一生就不見了！
真的要好好找出自己，才對得起自己。

朋友們，您有找尋過自己的生命意義嗎？您找到您的自我了嗎？有空的
話不妨去看看山聽聽水，讓「心」沉靜下來。用您的心去與山對話、與
水對話；與花對話；與蟲獸對話；與生活對話。找回純真的的自我，找
到天人合一的感覺。讓生命活得自然，活得自由自在。心靈充滿山水，
生涯一片好山好水……

2016 07 25 寫于 竹南 夢田農莊

攝影・詩

原來風是我　原來雲是我
波蕩的軌跡只有我看得懂
原來光是我　原來影是我
光影的心情只有我看得懂

原來花是我　原來木是我
花木的輕聲細語只有我聽得懂
原來海是我　原來山是我
山與海的滄桑故事只有我聽得懂

攬明月　照清影　摘星星　詠生命　信手拈來
御風行　瞰大地　共花眠　解鳥語　天人合一

喀嚓喀嚓喀嚓喀嚓喀嚓喀嚓
我手寫我心　我心攝我影
小悟大悟惟悟領悟漸悟頓悟
天地與我同生　萬物隨我俱滅

01

2013 10 30 寫于 竹南 夢田農莊
2014 08 23 攝于 花蓮 六十石山

靜

星子們嘰嘰喳喳談論著櫻花的開開落落

聲音

團團包圍住

富士山與富士山

一隻青蛙在河口湖畔呱呱呱呱地叫著

一陣清風在船艇碼頭吱吱嘎嘎地吹著

一群水鴨在蘆葦叢中窸窸窣窣地走著

一片吉野櫻輕輕飄落在志野陶白色茶碗中

聲音

團團包圍住

富士山與富士山

2016 04 21 寫于 竹南 夢田農莊
2016 04 09 攝于 日本 山梨縣 河口湖

被梳理過的音樂

聽　被梳理過的音樂

像剛剛吹鬆後的長髮輕柔拂面

纖細如絲的聲音如果編織成夢

夢中的音符將飄蕩著玫瑰花的髮香味

被梳理過的音樂

滲透進你的四肢　滲透進你的夢境

浮升起你和她的片片回憶

縮時的劇情宛如一朵紅玫瑰花的開落

而那些在夢中被梳理過的情感呀

一會兒如低沉的二胡幽怨纏綿如泣如訴

一會兒如清澈的橫笛透明圓潤無怨無悔

晶瑩剔透柔滑如絲　如楊柳　如窗外的月光

03

2016 04 21 寫于 竹南 夢田農莊
2016 04 09 攝于 日本 山梨縣 河口湖

深山林徑

當你正在紅塵迷途的時侯
名與利的拔河正拉扯在心頭
無可奈何又強顏歡笑的時候
快快走進深山林徑的登山口

當你正在情海迷航的時侯
愛與恨的情網正糾纏在心頭
失魂落魄又黯然神傷的時候
快快走進深山林徑的登山口

這裡有松柏　　這裡有花草
這裡有飛鳥　　這裡有蟲獸
這裡有清風能夠安撫你的憂愁
這裡有流泉能夠滌淨你的傷口
這裡有白雲能夠擦乾你的淚珠
這裡有陽光能夠照亮你的旅程

當你走進深山林徑的時侯
留著短笛卸下背後的包袱
當你漫步深山林徑的時候
悠揚笛聲正迴盪在童年的樹梢頭

2013 08 20 寫于 竹南 夢田農莊
2015 11 19 攝 于 日本 山梨縣 本栖湖

攝影・詩

秋夕

厚厚的白雲與風拔河釋放出放射狀乾淨的藍
移動的陽光將灰濛濛的山谷局部局部局部擦亮
紅色的蜻蜓在樹林前飄飛成一條彎彎的河

背著竹簍的姑娘
歇息在青苔石上
臉頸上淡淡掩映一抹烏龍茶的翠綠
清亮歌聲有小米酒醉人的香氣

懸掛在山屋紗窗上彩色的飛蛾
飛飛停停　撞撞跌跌
死亡的剎那
墜落　如一片紅色的楓葉

上弦月皎潔透亮得像一把水晶彎鉤
姑娘鉤起一糾結霜的月光
作起了藕斷絲連的針線活兒

2016 04 21 寫于 竹南 夢田農莊
2016 01 09 攝于 苗栗 馬拉邦山

夜氣

每每就在半夢半醒夜半邊際

夜氣　像山林裡的嵐霧流進心田裡

你不願面對的事實會從冬眠中驚醒過來

你白天貼戴的七彩面具會澈澈底底被卸妝

夜氣流動

片段的往事如同溪流的倒影　浮出水面

有時候恍惚朦朧得夢幻醉人

有時候鮮明銳利得令人心痛

你回憶起狂狷的年少感嘆著風華漸老

你回憶起綺麗的愛戀悔恨著破鏡難圓

你回憶起溫暖的親情痛心著欲養不待

夜氣流動

月亮自在的圓也自在的缺

四季自在的春也自在的秋

楓葉自在的紅也自在的黯

2016 04 21 寫于 竹南 夢田農莊
2016 04 09 攝于 合歡山 武嶺

蕩（七夕）

七夕星空銀蕩

躺平在銀河織就的獨木舟上擺蕩

晃蕩旋蕩漾蕩滌蕩放蕩閒蕩浪蕩

蕩過來呀蕩過去呀是花影嗎

蕩過來呀蕩過去的是……

蕩過來呀蕩過去呀是相思嗎

蕩過來呀蕩過去的是……

蕩過來呀蕩過去呀是愛情嗎

蕩過來呀蕩過去的是……

蕩過來呀蕩過去呀都是妳呀

蕩過來呀蕩過去呀……是分離……

2013 08 13 寫于 竹南 夢田農莊
2016 06 07 攝于 合歡山 昆陽

攝影・詩

星軌

今夜終於抓住了透明無形的時間

在星子與星子的監看下

時間

終於在藍色的夜空捺下清晰的弧形指紋

順著時間刻痕的星軌轉圈圈

彷彿黑膠唱片正重播雋永綿綿的老式情歌

彷彿藍光 DVD 在 REPLAY 迷離多情的微風往事

彷彿螺旋狀的星軌細紋早已一圈一圈

迴紋上了臉龐

山巒吐了一口綿綿悠悠的藍白色氣旋

紛至沓來的濃霧瞬間迴旋轉動

迴旋　迴旋　迴旋　成為雲海

2015 01 22 寫于 竹南 夢田農莊
2015 01 14 攝於 苗栗 泰安 清安路

攝影・詩

墜落

37°C 的秋日午後
木麻黃樹蔭的風把黑色 Polo 衫吹出
白茫茫的雪花

夢中　我在無邊無際的黑暗中墜落
驚醒時　妳不在我的身邊

夢中　我在無邊無際的黑暗中墜落
驚醒時　妳不在我的身邊

夢中　我在無邊無際的黑暗中墜落
驚醒時　妳不在我的身邊

夢墜落成夢墜落成夢墜落成夢

一顆木麻黃毬果從夢中墜落
敲醒了我牛牛頓頓的頭
敲醒了三個被曬傷的夢

2014 09 23 寫于 竹南 夢田農莊
2014 06 24 攝于 竹南 龍鳳漁港

攝影・詩

31

藍月光

藍藍的夜

淡藍色的月光清洗著小鎮的白千層

淡藍色的月光輕拂過樹下嘆息的小姑娘

淡藍色的月光照亮了愛情遺憾的小角落

月光已經染藍了妳的肌膚　小姑娘

月光已經滲進了妳的心房

月光在妳眉梢漾泛著淡藍色的薄薄哀傷

換個角度看看這顆地球的衛星吧

月亮像一幅被施了魔法的 3D 立體畫

光明面放送著浪漫抒情的夢幻神話

陰暗面卻是隕石撞擊過的坑洞傷疤

我用雙手輕輕遮捂妳的雙眼

不准妳再仰望淡藍色的月亮

同時命令流雲捂住月亮的眼

不准再用藍色的眼睛藍調妳

2014 09 02 寫于 竹南 夢田農莊
2014 02 14 攝于 日本 北海道

攝影・詩

毛細作用

把冰水的感覺從腳踝吸上腹部
顫慄　毛細作用了　神經細胞

把憂愁的感覺從楓轉變成風
楓愁毛細作用的風就灌滿胸腔

藉著七夕
銀河毛細作用了妳
彩麗繁星遍佈妳的嬌軀

藉著七夕
妳毛細作用了我
我全身想妳的思緒閃閃發亮

11

2013 08 12 寫于 竹南 夢田農莊
2013 05 12 攝于 合歡山 合歡尖山

攝影·詩

兩望煙水裡

兩望煙水裡

一陣秋風從河畔吹來

蕩過來落楓和河岸朽木的氣息

執手相望　如夢如煙的往事

我們的沉默顯得很不自在

我們的笑聲變得十分誇張

愛情被澎湃溪流經年累月的沖刷改變了形態

我們共同擁有的迷人過往呀

紀念冊的編輯方式應該也大相逕庭

不論妳是愛我恨我怨我念我

我用七彩糖果紙

把我們的愛情包裝成一本精裝書

只要輕輕翻開扉頁

便有甜甜的淡淡的果香流蕩出來

2014 11 15 寫于 竹南 夢田農莊
2015 07 02 攝于 新北 內洞瀑布

攝影・詩

夢醒・十分

十分瀑布　生命在進進出出

十分奇岩　十分綠水　十分白浪

十分水霧　十分彩虹　十分草木

十分鳥獸　十分魚龍　十分蟻蟲

十分瀑布　人類在進進出出

十分壯闊　十分震撼　十分清澈

十分沁涼　十分美麗　十分舒暢

十分迷人　十分歡樂　十分幸福

十分瀑布　愛情在進進出出

十分詩情　十分畫意　十分浪漫

十分濃情　十分蜜意　十分海誓

十分山盟　十分迷醉　十分美夢

十分瀑布　離別在進進出出

十分苦澀　十分酸楚　十分悲傷

十分水聲　十分風鳴　十分樹語

寧靜十分　禪定十分　夢醒十分

夢醒十分　時間在進進出出

夢醒十分　生命在進進出出

夢醒十分　人類在進進出出

13

2013 06 08 寫于 竹南 夢田農莊
2016 07 11 攝于 平溪 十分瀑布

攝影・詩

風

樹站在風中　風就有聲音

花站在風中　風就有香氣

鐘站在風中　風就有歷史

妳站在風中　風就有線條

雲站在風中　風就有漂泊

水站在風中　風就有滄桑

亭站在風中　風就有離愁

妳站在風中　風就有嘆息

風呀風呀你吹往那裡去

風呀風呀你可知愛情的方向

風呀風呀風呀風呀風

風呀風呀風

14

2013 08 18 寫于 竹南 夢田農莊
2015 02 18 攝于 中國 安徽省 黃山

豆腐的感覺

青苔在石邊山澗中輕輕流淌

透白的豆腐被微風吹顫

想念隨著水的動線蕩了過來

想妳的感覺像新豆腐　純潔白淨

想妳的感覺應該像豆腐青菜湯

清清淡淡回味無窮

想妳的感覺應該像番茄豆腐青菜湯

二十歲的紅臉蛋跟隨著想念思緒　浮上心頭

畢竟已經這把年紀了

也該讓心中的憂鬱種子孵成豆芽

微酸微甜的生菜沙拉涼拌豆腐

也許會讓想念的感覺更甘脆清爽些

15

2013 09 11 寫于 竹南 夢田農莊
2014 09 25 攝于 竹北 豆腐岩

月光

把濃藍色的月光

一飲而盡

微醺的感情

跌跌撞撞的思念

來　飲一口月光吧

這時妳替我斟滿一杯冷酒

冷酒剛好配這輪微涼的秋月　妳說

秋景則涼拌成為甜中帶酸的佐酒小菜

激情過後

把妳的身軀折疊起來收進口袋

當月光灑落歸途林徑

跌跌撞撞的思念

有薰衣草的紫色味道

16　　　2012 09 30 寫于 竹南 夢田農莊
2016 05 19 攝于 南投 合歡主峰

潑墨秋山圖

順著樹幹流淌下來的秋雨　黑的像墨汁

霧濛濛的嵐氣滑過秋雪　白的似宣紙

妳說　來吧　來一幅潑墨秋山圖吧

山風先把烏溜溜的雨水淋漓灑灑潑

冷衫的樹冠則權充大筆狼毫

雲海被皴成淺灰色的小海浪

山峰被皴成黑灰色的大海浪

天與地則留一片大白

讓畫境空靈淡蕩

最後我們指揮紅衫擎起彩筆

勾染金黃詩意

趁著煙消雲散前

一起走進大千居士的潑墨秋山圖畫裡

2012 12 02 寫于 竹南 夢田農莊
2012 10 13 攝于 中國 四川省 四姑娘山

新雪與過客

以蒲公英的旋姿紛飛飄落

新雪　粉刷大地成為一張純潔的白紙

像新雪般的那女人

等待著某個事件的發生

等待著某個事件改變她的人生

踩踏著新雪沙沙而來的是歸人的腳步

烙印著新雪深深的記憶是過客的鞋痕

歸人的腳印在雪中踩出踏實平凡人生

過客漂浪的鞋痕會塗鴉出多彩的戲夢人生

新雪似的女人

凝視著木屋外三岔路口的雪跡鞋痕

選擇踏實的腳步將會改變她的一生

但絕對不會是最後一次

18

2015 02 12 寫于 竹南 夢田農莊
2016 02 17 攝于 南投 合歡山

海將夕陽拉曳成長長的金黃色波浪

天空被客家花布似的雲朵拼貼成豪華的大舞池

微風敲響了白浪花風鈴

雲和光的化裝舞會　準時開趴

歡迎光臨　龍鳳漁港　Welcome to The Long Fong Fishing Port

敦煌壁畫中偷溜出來的飛天神女們

舞起私藏的繽紛彩帶

有紅色的飛天　有黃色的飛天

有藍色的飛天　有綠色的飛天

雲捏成的聖徒雕像也紛紛入列

五光十色的眾神的黃昏

讓轟趴的天空　High 到了最高點

歡迎光臨　龍鳳漁港　Welcome to The Long Fong Fishing Port

漁船點起了燈火　暫時停止流浪

三、四株挺拔的木麻黃　直指著鉛藍色天空

展現著潑墨畫中蒼松的孤寂帥氣

南堤防　北堤防

伸延出彎曲的兩隻黑壯胳臂

把海和沉在水底的雲　作了個美國式熊抱

歡迎光臨　龍鳳漁港（龍鳳夕彩）……

19

2016 07 22 寫于 竹南 夢田農莊
2016 07 05 攝于 竹南 龍鳳漁港

歡迎光臨　龍鳳漁港　Welcome to The Long Fong Fishing Port

我站在龍鳳漁港帆船景觀橋上

將夕彩貪婪地裝滿眼睛和口袋

調皮的雲彩們又從我女人的香奈兒太陽鏡片上

偷偷偷偷地蹓躂出來

第二部
旅行

2014 02 17 攝于 日本 北海道

旅行——

空間旅行與時間旅行

日本諾貝爾文學獎得主川端康成在他的名著《雪國》裡，曾經有一段描寫跟旅行有關的文字，「要喚回自己逐漸消失的真摯情感，最好一個人去爬山。」我自己將爬山改成旅行，當作我人生旅途找尋真我的座右銘。

「旅行」這兩個字在文字上的定義是：人透過步行或交通工具進行「長距離」的位移。我定義自己的旅行則分作兩種——「時間的旅行」與「空間的旅行」。

一、「時間的旅行」就是「歷史的旅行」，也是「心靈深度的旅行」。其實說簡單些，就是多讀書。歷史是我們無法經時光隧道而能重臨的 LIVE 現場。於是我們藉由博覽群書的心靈旅行，將人類由古迄今所發生的重大歷史事件，作一種反省和批判。知古鑑今，留下美好的正確的觀念，揚棄錯誤的罪惡的行為。最後再將知識內化成自我心靈的一部分。

當我們明瞭人類在地球，在宇宙歷史上的地位如恆河之沙渺小。我們自然而然會建立起謙遜豁達明智的人生觀，這對於找尋自我，建立正確的人生觀，有極大的幫助。唐朝詩聖杜甫詩句「讀書破萬卷，下筆如有神」，說應該就是這種時間的旅行對人類心靈成長的提升吧！

二、「空間的旅行」也就是「地理的旅行」，也是「心靈廣度的旅行」。

空間旅行，因為可以親身蒞臨觀看世界各個角落，這種旅行方式會讓人印象深刻常常有莫大的感動。藉由空間旅行，親眼見到了名山大澤、奇花異草，總讓人驚呼連連；藉由空間旅行，親手觸摸了壯麗建築、歷史古蹟，莫不令人讚歎不已；藉由空間旅行，親身經歷了異國民情、奇風異俗，怎不讓人嘖嘖稱奇。

空間的旅行有如拿廣角鏡頭看大千世界。在潛移默化之間，無形中增廣了見聞、開闊了胸襟。再經過與自己原來生長環境作比較，產生世界觀的化學作用。寬宏的世界觀慢慢地也會內化成為自我人生觀的一部分。讓我們的心胸變得更客觀更開闊。諺語說的「讀萬卷書不如行萬里路」講的就是這種空間的旅行對人類心靈成長的好處吧！

「旅行」，我覺得最終的目的還是要讓自己能夠認識自己、肯定自己，藉由時間旅行和空間旅行，將自己置身於不同歷史軌跡、不同地理地貌，將「我」擺放在大自然的律動中，再經由心與歷史、地理和自然界的對話，內化為個人成長的能量。旅行讓我們從自然律中更清楚地定位自我存在的生命意義。

讓我們一起出發旅行吧！從「讀書破萬卷，下筆如有神」的時間旅行，到「讀萬卷書不如行萬里路」的空間旅行，到完成「六經皆我註腳」、「天地與我並生，而萬物與我為一」天人合一的「自我生命探索」深旅行吧！

2016 07 26 寫于 竹南 夢田農莊

攝影・詩

旅行的味道

跟著背包去旅行

行囊的開口放放縮縮

收納了海洋　魚蝦魷貝藻菜　鹹鹹澀澀的味道

收納了山巒　草木蟲魚鳥獸　清清靈靈的味道

收納了城鄉　男女老少生老病死　宿命的味道

在旅行的某段路口妳我相遇

親密的依偎收納了彼此的味道

束緊背包然後分道揚鑣

閒雲收納了風的味道

流泉收納了山的味道

離別收納了腳印的味道

愛情收納了櫻花的味道

20

2015 09 09 寫于　竹南　夢田農莊
2014 02 15 攝于　日本　北海道 鄂霍次克海

現代詩

今天的天空很西藏

雲朵很帛琉

空氣很戈壁

陽光很赤道

妳的服裝很翡冷翠

雨傘很江南

步伐很京都

呼吸很巴黎

我們的約會很唐詩

妳說話的聲音很宋詞

我說愛情很元曲

妳說愛情很傳奇

妳說妳的心境很希臘

我說我的人生很羅馬

我說妳的談吐很倫敦

妳說我的舉止很匈奴

妳說五十歲會變隸書

我說妳是我永遠的瘦金體

2013 05 31 寫于 竹南 夢田農莊
2012 10 21 攝于 中國 雲南省 瀘沽湖

花季

想起花季

該穿件花襯衫

沒有什麼緣因的

這季節的顏色是需要鮮艷些

女孩們的花季

是開在長髮上

一轉身　花瓣鏗鏘落地

沒有什麼緣因的

我們的心是映花的清潭

那時節

我們是潭中的水手

喜歡汲撈

澹澹飄落的瓣蕊

和吹起

泡泡的遊戲

沒有什麼緣因的

想起花季

我們都變得愛笑了起來

22

1983 寫于 中壢 中央大學（大學時代作品）
2015 08 07 攝于 日本 北海道 四季彩之丘

攝影・詩

歡迎光臨美麗新世界

歡迎光臨這個美麗新世界

綠色的風景　藍色的海洋　金色的陽光

感謝上帝賜給我們美好的生命

感謝上帝同時為我們寫好了墓誌銘

歡迎光臨這個美麗新世界

溫暖的親情　美妙的愛情　知交的友情

感謝上帝教會我們一首又一首的幸福圓舞曲

感謝上帝在我們跳舞的雙腳綁上死亡倒數的鐐銬

轉動舞步　美麗世界無聲無息轉過童年

擺弄舞姿　美麗世界無聲無息跳越中年

換首舞曲　美麗世界無聲無息滑進老年

歡迎您光臨這個迷人殘酷的美麗新世界

歡迎您善用螻蟻的時間追逐無限的幸福

歡迎您戴著沉重的腳鐐盡情地翩然起舞

23

2014 02 05 寫于 竹南 夢田農莊
2014 02 17 攝于 日本 北海道 音羽僑

攝影・詩

春蠢蠢欲動

木棉花嗶嗶剝剝準備燃燒整條街道

緋寒櫻叮叮噹噹準備織造一地紅毯

二隻虫虫扛著一個春字　蠕蠕而行

徘徊在花苞與花苞之間

春　蠢蠢欲動

青蛙呱呱呱呱準備將鳴唱匯集成潺潺的溪流

綠繡眼啾啾啾啾準備用叫聲催綠整片林場

二隻虫虫扛著一個春字　蠕蠕而行

徘徊在嫩綠與淺綠之間

春　蠢蠢欲動

女孩們飄飄蕩蕩的碎花洋裙搖擺成微風花海

男孩們繽繽紛紛的花襯衫展翅成追蜜的蜂蝶

二隻虫虫扛著一個春字　蠕蠕而行

徘徊在紅男與綠女之間

春　蠢蠢欲動

註：蠢字拆開，就是兩隻虫＋一個春。
　　兩隻虫扛著一個春字，蠕蠕而行。

2016 03 17 寫于 竹南 夢田農莊
2016 03 17 攝于 台南 白河 林初埤

故鄉的原風景

想重見故鄉的原風景

請趁著有濛濛霧靄的炊煙時分

許多的童年往事會隨著煙幕裊裊升起

故鄉的原始風景在朦朦朧朧中將越見越清晰

想重見故鄉的原風景

請先戴上暖色系的毛玻璃眼鏡

模模糊糊縹縹緲緲的笑聲

會清清脆脆地響起從日出原野到日落林邊

人物會隨著煙雲凋零　鳥獸會隨著煙雲逝去

花木會隨著煙雲入土　山林會隨著煙雲變形

想重見故鄉的原風景

請記得一定要遠離故鄉長時間長距離

遊子的鄉愁呀

得經過時空距離的發酵才能夠香醇醉人

25

2015 02 26 寫于 竹南 夢田農莊
2015 02 04 攝于 中國 安徽省 宏村 月沼

有雲流過

為了要找尋海天之外妳的蹤影

我只得把心流浪成一朵雲

清境農場縱谷是雲的故鄉

白淨的雲朵　純真的心

愛情的雲朵悄悄流過妳烏黑柔亮的長髮

開始流浪

日月潭左岸雨後向晚

綿綿柔柔的新雲停駐在德化社濃藍天空

妳的體溫傳來一團團野薑花的夏夜悶香

金龍山的嵐雲翻動著離別的情緒

紅　黃　綠　藍的魚池鄉燈火

映染妳白瓷器般的頸線化作夢幻琉璃

流浪的雲

緩緩漂流到四方的天空尋覓

不管白雲曾經流逝多少

不管妳的心潭有沒有白雲流過

雲還是會從我的心海

不停的翻騰　不停的湧現　不停的流浪

26

2014 09 26 寫于 竹南 夢田農莊
2014 09 22 攝于 南投 日月潭

等待

我人在

龍鳳漁港等待

龍鳳漁港等待

龍鳳漁港等待

等待著妳的到來　等待著妳的不來

我人在

白色雞蛋花下等待

白色雞蛋花下等待

白色雞蛋花下等待

等待著妳的出現　等待著妳的不出現

如果妳來了　我會不會從夢的雲端跌落到現實的叢林裡

如果妳沒有出現　我會不會在超現實的空間裡將自己扭曲變形

27

2015 06 22 寫于 竹南 夢田農莊
2015 06 17 攝于 竹南 龍鳳漁港

彎 彎 彎

風要彎彎地吹　笛聲才會悠揚

水要彎彎地流　落花才會有情

雨要彎彎地落　思念才會纏綿

姑娘的眉毛彎彎　月牙兒銀河彎彎

山要彎彎地高　雲朵才會有型

路要彎彎地走　腳印才會感動

藤要彎彎地攀　緣分才會蔓延

姑娘的腰枝彎彎　柳條兒葫蘆彎彎

姑娘亭亭玉立在秋夜裡

長髮絲兒彎彎　紅絲巾兒彎彎

盼望著情郎呀

粉脖兒彎彎　腳尖兒彎彎

眉毛兒彎彎　心跳聲彎彎

2013 09 05 寫于 竹南 夢田農莊
2012 10 17 攝于 中國 四川省 稻城 亞丁風景區

月光與玉山杜鵑

明月如蠶

選在農曆十三的合歡山主峰吐青絲

明月將淡藍色的愛情絲線灑向山谷的杜鵑

以紅娘拋繡球的弧度

女性的男性的杜鵑花的臉頰

纏滿了　粉白色　粉紅色　嫣紅色的愛情月光

滿山滿谷的浪漫歌聲

串成一張發亮的透明情網

月光下

水靈靈的夜露讓花兒更顯得含情脈脈

明月將一團淡藍色的月光絲線　拋給我

情感的重量足以織成一件招親用的絲綢斗篷

唉呀呀

我依然擁有一顆年輕的心

卻早早已過了採花的年紀

2016 05 25 寫于 竹南 夢田農莊
2016 05 19 攝于 合歡主峰

攝影·詩

彎彎彎

風要彎彎地吹　笛聲才會悠揚

水要彎彎地流　落花才會有情

雨要彎彎地落　思念才會纏綿

姑娘的眉毛彎彎　月牙兒銀河彎彎

山要彎彎地高　雲朵才會有型

路要彎彎地走　腳印才會感動

藤要彎彎地攀　緣分才會蔓延

姑娘的腰枝彎彎　柳條兒葫蘆彎彎

姑娘亭亭玉立在秋夜裡

長髮絲兒彎彎　紅絲巾兒彎彎

盼望著情郎呀

粉脖兒彎彎　腳尖兒彎彎

眉毛兒彎彎　心跳聲彎彎

2013 09 05 寫于 竹南 夢田農莊
2012 10 17 攝于 中國 四川省 稻城 亞丁風景區

攝影·詩

75

蒙古包上的銀河

捻熄蒙古包幽微的黃燈泡

讓銀河流瀉進來

圓形透明的天窗外

我聽見星河流動的潺潺水聲

銀色流星的弧線斬斷了午夜的煩惱愁絲

閃閃發光的繁星點燃了願望的小火苗

妳的聲音一閃一閃亮晶晶

枯萎的心也開始潤澤起來

在內蒙古草原我用銀河的水洗淨銅鍋

生起紅紅的篝火煮沸了馬奶酒

無名指微挑

第一杯　敬　長生天

第二杯　敬　草原母

第三杯　一口飲盡滿天銀河

2014 08 08 寫于 中國 山西省 太原
2014 08 06 攝于 中國 內蒙古 輝騰錫勒草原

花火

初夏相約到澎湖看花火

黑色系的虹橋海浪和港灣房樓隨著煙火搖擺

有節奏地浮現　有節奏地暗淡

花火在妳有點發燙的臉頰

有節奏地染色　有節奏地褪色

妳濕潤晶亮的眸子裡開滿璀璨花火

因為知道會痛苦的愛比較美

因為知道會酸澀的情比較甜

因為知道　剎那和永恆

絢爛花火綻放瞬間接續的是漫漫黑夜

花火為我們花火似的愛情打光

有節奏地清晰　有節奏地模糊

有節奏地美麗　有節奏地哀愁

2016 02 10 寫于 竹南 夢田農莊
2015 05 21 攝于 澎湖 花火節

絲綢之路 祈連山旅店

等妳等妳等妳　我在祈連山上等妳

愛情的旅程總像盤山公路這般迂迴曲折

祈連山的山腰上我為妳開了一間旅店

養了一群牛羊和幾畝黃色油菜花田

等妳走累了就到我的小店來歇歇腿打打尖

等妳寂寞了就到我的小店來談心事說煩憂

等妳夢碎了就到我的小店來療情傷解情愁

旅店木門外就是碧空如洗的藍天

天空裡盡是淡蕩自在很有耐性的白雲

綠油油的大草原會讓心情吞下了薄荷清涼錠

等妳等妳等妳　我在祈連山上等妳

妳可以自由地來　妳可以自由地去

即使妳來只是為了約定遲到來說聲抱歉

即使妳來只是找尋回憶暫住一宿

即使妳來只像綿羊絨絮輕輕地輕輕地無聲飄過

2013 06 29 寫于 竹南 夢田農莊
2013 06 20 攝于 中國 青海省 祈連山

絲綢之路 鳴沙山

簡訊告訴妳飛機剛剛降落烏魯木齊

天空依舊藍得出奇

大巴扎市集裡我急忙購買著回憶

薰衣草精油天山雪蓮花以及風乾無花果粒

簡訊告訴妳我正在吐魯番盆地

坎兒井博物館裡我遇到妳的少女時期

葡萄溝中有恰似妳眼眸的綠珍珠晶瑩香氣

火焰山的溫度計記載著妳曾經的熱情洋溢

簡訊告訴妳風塵僕僕我已抵達了哈密

甜滋滋的紅脆心哈密瓜比不上妳的脣汁絮語

紅通通的夕陽在 PM10:00 與妳同時跌進暗黑天際

我望著戈壁灘篝火就著威士忌想念妳

2013 06 17 寫于 中國 新疆 哈密市
2013 06 17 攝于 中國 甘肅省 敦煌 鳴沙山

絲綢之路 月牙泉

穿越沙漠漫天黃沙便是月牙泉了

這裡有柳條兒彎彎　綠色了湖岸

樓閣庭台中央有大片豔橙橙金針花綻放

到了月牙泉叫我如何能夠不想起妳呢

想妳彎彎如月的眉線

想妳澹藍如泉的水眸

想妳垂散黑髮做起針線活時的新月形腰柔

穿越月牙泉外便是敦煌的鳴沙山沙漠了

滾滾駝鈴聲的天空懸浮著冷冷的月牙兒

淡藍色的月牙泉水面倒影著銀白色的月牙兒彎彎

我在藍色月牙泉畔捕撈著銀色月牙兒捕撈著妳的臉

34

2013 06 23 寫于 中國 陝西省 西安
2013 06 17 攝于 中國 甘肅省 敦煌

絲綢之路 兵馬俑

奏一曲　將軍令　十面埋伏　出塞曲　涼州詞　吧
喚醒封印在塵土之下秦朝的兵馬俑

西安臨潼坑道縱橫交錯著威風凜凜的兵馬俑軍團
禮儀三百　威儀三千
陶燒的裝甲身軀筆直挺立在 21 世紀
褪去色彩的眼睛凝視著迷迷濛濛的嶄新天地
禮儀三百　威儀三千
2200 年前的憂鬱重疊著 2200 年後的憂鬱
風塵僕僕的臉龐上殺氣化成為浪漫的新古典主義

一道將軍令換來了寂寥的宿命
坑道　迴盪著 2200 年的戰爭悲歌
一道將軍令換來了禁錮的靈魂
坑道　關住了 2200 年的愛戀與離別

奏一曲　將軍令　十面埋伏　出塞曲　涼州詞　吧
新的紅塵不斷掩蓋著舊的紅塵
新的歷史不斷重寫著舊的歷史
2200 年堆積的紅塵往事如果秤斤拍賣
夠不夠換來一斤高粱酒呢

敬　觀景台上世界各地慕名而來的現代兵馬俑
坑道上的兵馬俑們如是說

2013 06 24 寫于 中國 陝西省 西安
2013 06 24 攝于 中國 陝西省 西安

絲綢之路 飛天

風動起來　雲飄起來

莫高窟石壁間的化裝舞會熱熱鬧鬧　跳將起來

飛天們扭動纖腰裙襬揮舞裸肩彩帶　飛動起來

敦煌菩薩們被亙古黃沙封印的心情　High 翻起來

4500 位飛天腳踏彩雲騰空飄舞嫵媚動人

有捧鮮花的飛天　有托花盤的飛天　有灑花瓣的飛天

4500 位飛天逆風翱翔彈撥琴弦吹轉音律

有彈琵琶的飛天　有奏箜篌的飛天　有吹笙笛的飛天

彩帶的波浪間有花香盈繞

彩帶的波浪間有彩雲流轉

彩帶的波浪間有樂音回盪

歡樂　在清靈的梵音中升空

吉祥　在繽紛的絲帶間交融

幸福　像微風搖曳那樣綻開　像蓮花那樣綻開

風波浪起來　飛天波浪起來

菩薩拈花微笑　心情也菩薩蠻波浪起來

2013 06 17 寫于 中國 甘肅省 敦煌
2013 06 17 攝于 中國 甘肅省 敦煌地標（反彈琵琶飛天）

路過

終於　路過　妳的家居

不是想用激越的感情包圍妳緊閉的心

只是想測量一下愛情的厚度

聞一聞梔子花雜糅三宅一生的迷人香氣

情不自禁　路過　妳的家居

自然要表現的就像是不經意

想瞧一瞧剛剝殼白煮蛋一樣的柔肌

想讀一讀五分熟牛排鮮嫩多汁的脣語

背著相機　路過　妳的家居

用大光圈長鏡頭記錄一些回憶

夢幻的散景刻意模糊掉過去

妳常常　路過　我的家居

我常常　路過　妳的家居

2014 05 14 寫于 竹南 夢田農莊
2013 11 20 攝于 日本 茨城縣 花園溪谷

楓林幻境

是楓葉嗎　　是水影嗎

是誰　　將七彩的幻夢遺忘在無波的水中

是幻影嗎　　是錯覺嗎

實虛交錯的楓林映照著愛恨的錯亂糾結

楓依著風

將秋天的愁緒從樹梢傳染到水塘

風吹皺楓

將秋天的愁緒從水面傳染到心湖

是幻影嗎　　是實境嗎　　幻中有實　　實中有幻

是寂滅嗎　　是重生嗎　　緣起緣滅　　緣盡緣生

妳恨我嗎　　妳愛我嗎　　愛中藏恨　　恨中藏愛

走進楓林幻境

原來天和地是可以自由自在地旋轉

走出楓林幻境

原來愛與恨是可以自由自在地交換

2014 11 13 寫于 竹南 夢田農莊
2014 11 06 攝于 日本 岩手縣 中尊寺

九月 妳忘記打電話給我

九月　妳忘記打電話給我
東北季風吹來寂寥的訊息
天空閒蕩的雲朵也忽然忘記了彩妝

九月　妳忘記打電話給我
河灘上白花花的秋芒不再抒情
彷彿雪花冷冷斜斜的從車窗外飄飛進來

九月　如果妳沒有忘記打電話給我
妳是否也會忘記告訴我
秋風起了　柿子紅了　愛情熟了

那年 11 月下旬
我們曾經緊緊盯著最後一片霜紅的楓葉
沒有一絲絲的風
葉子　終於還是飄落下來了

2014 10 06 寫于 竹南 夢田農莊
2013 11 24 攝于 日本 東京 成田山 新勝寺

時間之河

我在時間之河裡放蓮燈

滑白絲綢微微透亮著紅光

載負著心願與祝福的我的蓮燈啊

顛簸著人過中年的禪緒　漂流遠方

河流中央的磐石不會隨著時間流動

河流上游的妳　永遠凍齡

奶油白的臉頰　草莓般的嘴唇

泠泠泠泠　水一般的聲音

我在時間之河下游五十歲的河岸放蓮燈

宇宙把相同流速的時間給了人們

人們以愛　改變了時間的流速

40

2013 01 09 寫于 竹南 夢田農莊
2015 11 03 攝于 日本 青森縣 中野神社

明信片

寄給妳一張異鄉的風景明信片

豔紅的楓樹　澄黃的銀杏　鮮藍色的天空

奇異筆寫的攝氏 37°C

則是此時此刻想妳的溫度

寄給妳一張異鄉的風土明信片

小麥田的婦人　抽菸斗的老人　轉動中的水車

灰老很快的白雲蕩得很低

同飄散著家常菜味道的炊煙混沌一色

愛情是一張張重重疊疊的明信片

思念則是內在風景的調色盤

心有時會吹起春天綠色的風

心有時會飄飛冬季白色的雪

2014 09 23 寫于 竹南 夢田農莊
2012 10 16 攝于 中國 四川省 稻城亞丁

流水落楓

紅了就飄落　黃了就飄落

選擇最燦爛最繽紛的時候

愛情在飄落　緣分在飄落

選擇最美麗最優雅的時候

可以想想我　可以不想我

愛情總是會迷糊會迷路

相見如不見　不見如相見

愛情如同粉紅色晨曦常駐在心田

楓葉也許像流水

愛情也許像流水

清清澈澈地背負著離愁的滋味　一去不再回

思念也許像流水

回憶也許像流水

清清澈澈地背負著離愁的滋味　冰涼婉約而雋永

42

2014 11 10 寫于 竹南 夢田農莊
2014 11 07 攝于 日本 山形縣 山寺

秋後算帳

立秋了　人生也開始步入了中年

這季節

妳像揮動彩筆的秋風

一層一層染紅了我內在的楓樹林

翻開這本紅葉帳冊

到底誰是愛情的債務人誰又是債權人

曾經愛過的你我都很清楚

愛情帳目就請愛因斯坦來算也是無解習題

就讓這筆秋季的亂帳繼續糾纏不清吧

每到秋後楓紅　至少

我們還能算一算舊帳　想一想對方

2015 09 24 寫于 竹南 夢田農莊
2014 11 06 攝于 日本 秋田縣 角館

日本采楓之旅

昭和紀念公園 · 銀杏小徑

秋在東京昭和紀念公園舞動長長水袖

一排排耀澄澄的銀杏彷彿閃光的黃絲帶

多情的黃色枝條作勢攔住旅人的路

秋風起兮　巧笑倩兮　美目盼兮

銀杏葉子悉悉窣窣飄落公園小徑

銀杏果實叮叮咚咚掉落公園小徑

有推嬰兒車哼唱童謠的小婦人哼歌走過

有腰身低彎撿拾果實的婦女們尋覓走過

有銀髮光潔步履蹣跚的老夫妻牽手經過

我一身旅人打扮走在銀杏小徑

銀杏兒一手攔人一手扠腰　嬌嗔地說

這回呀你總算及時趕到

44

2013 11 20 寫于 日本 水戶縣
2015 11 20 攝于 日本 東京 昭和紀念公園

攝影・詩

日本采楓之旅 富士山的雪與楓

旅店的電視機正在播映富士山的雪與楓

堆滿山頂的白雪有冷靜白頭偕老的意象

紅豔似火的紅楓有激情浪漫的放縱元素

最後是白雪融合了楓還是楓火融化了雪

因為透過螢幕框架

畫面更聚焦出衝突的美學意涵

記得冬季相見

妳的容顏潔淨柔滑勝過白雪

細細的脖頸間纏繞著一條嬌豔的紅絲巾

已經很久很久沒有見面

妳端坐在梳妝臺前的影像

熱辣辣的韻事與不安

映畫成一幅富士山的白雪與紅楓

2013 11 21 寫于 日本 水戶縣 北茨城
2015 11 19 攝于 日本 山梨縣 本栖湖

日本采楓之旅 千波湖的倒影

我送妳一幅偕樂園千波湖的倒影

湖裡面倒影著漸層的紅楓葉和黃澄澄的銀杏

真實世界並不可愛

我們曾經相約一起生活在倒影的世界裡

在千波湖畔

撈一片紅潤潤的楓葉送給妳

秋霜過的紅葉在豔陽下閃耀著思念的色澤

紅潤潤的紅葉倒影著妳濕潤潤的眼睛

一對求偶的白天鵝穿梭在湖間游蕩

嬉鬧聲吹皺了綜合果汁似的倒影

一根白色羽毛輕輕飄落下來

倒影破了　色彩渾了　楓葉碎了

46

2013 11 23 寫于 日本 山梨縣
2013 11 22 攝于 日本 茨城縣 偕樂園

一棵冰雪中的樹

年少時的身形是一棵傲立在冰雪中的樹

瘦骨嶙峋的枝椏是刺向天際　黑冰冰的劍

年少時的情緒是一棵張牙舞爪黑色的樹形閃電

當失敗的雪花　搧了你一下

當離別的雪花　搧了你一下

當死亡的雪花　搧了你一下

冬季的陽光將你撞翻成雪原中的樹影

黑色的樹影躺臥在細細的白雪上喘息

嶙峋的樹影順著冷冷的雪坡弧度滑行

軟軟的樹影蜿蜒成韌韌的爬藤　蔓延

47

2014 03 21 寫于 竹南 夢田農莊
2014 02 17 攝于 日本 北海道

藍色的九寨溝

杉林披上了霧嵐就會變得仙風道骨

湖水孃繞著煙雲便會顯得仙樂飄飄

仙境仙境　寂寥淡定

達戈男神思念色嫫女神的藍色憂鬱

將九寨溝的春水琢磨成晶瑩剔透的藍色鏡子

又彷彿是這對愛促狹的男女神仙

將滿天的繁星關進九寨的水牢裡

藍色的鏡子內便偷偷藏匿著

星空下談情說愛的濃情蜜意輕聲細語

當色嫫女神一不小心摔碎了琉璃仙鏡

藍色的憂鬱

就這樣　從一個海子傳染到 114 個海子

藍調的情㑳

就這樣　從墨藍色的銀河蔓延到豔藍色的九寨溝

2014 06 02 寫于 竹南 夢田農莊
2016 01 21 攝于 中國 四川省 九寨溝

攝影・詩

第三部

情感

情感──

──用美麗的距離看情愛

幾乎每一位有點年紀有人生閱歷的人都會這麼說：「人類的情感是最複雜最難理解的。不管是愛情親情友情，都是千絲萬縷，剪不斷理還亂。」

現在我要來破題囉！我建議要用一點距離來看情感，不管是用「時間的距離」或者用「空間的距離」，都會使那段情感變得最美麗，同時也會讓我們的人生更積極正面！

當我們把「情感」攤在現實的陽光下曝曬觀察，其實情感是摻雜著美麗與醜陋的。愛情雖美但也會有誤解也會有背叛；親情雖真但也會有爭執也會有紛爭；友情雖然會因義氣互相扶持同時也會因私利而互相陷害。

如果我們把「情感」加點兒「時間的距離」，那麼漫長的時間就會像過濾器，會過濾掉醜陋的雜質，留下美好的純真。時間的距離會將情感昇華，只留下最美麗最動人剎那瞬間。套句現代的流行語，這叫做「美麗定格」。

如果我們把「情感」加點兒「空間的距離」，感人動人的美麗滋味就會浮現，而且距離越遠的味道會越濃郁甘醇。因為空間的距離會讓我們在想念回憶的時候，忘掉那些不愉快的事；只記住最溫暖最動人最令人懷念的美麗時刻。也就是說用點空間的距離看情感，一樣會把美麗定格住！

用一段美麗距離看情感所展現出來的美麗定格效果，就像是運用照相機拍照一樣。當我們透過鏡頭看世界，這個世界的醜陋型態會立即隱藏，景物也會馬上會變得夢幻而美麗！

文學創作、藝術創作其實正是為了服務「美」而形成的產業。創作家們用文字，用色彩，用音符等工具，抓住感情瞬間帶來的的美麗感動，將「美麗」瞬間定格住。然後再用文字，色彩，音符等各類型創作工具將她完美呈現出來，最後再將「美」分送給居住在地球這個美麗世界的人們，讓大家一起分享美麗正能量所帶來的幸福與喜悅。

2016 07 27 寫于 竹南 夢田農莊

攝影・詩

年過五十

年過五十

習慣將外套和變形的影子一起掛上牆壁

習慣站在玻璃窗前左顧右盼看著自己

習慣性發現

歲月用溜滑梯的速度輕快流逝

年華以 KTV 的飆歌氛圍音速飄離

時間不能免俗地染灰你的頭髮

時間也讓你常常夢見童年

年過五十

常常分不清身處在

夢中的兒時還是兒時的夢中

年過五十　喜歡作夢並勇敢追逐年少的夢

年過五十　重新定位自己並定位生命的意義

年過五十　該是正式和死神面對面的時候了

2013 02 04 寫于 竹南 夢田農莊
2016 06 24 攝于 宜蘭 外澳海濱

攝影・詩

情書

書桌上玻璃墨水瓶透露著濃藍色的冷冽

萬寶龍的筆尖被凍得結起了霜雪

想要寫封情書寄給妳

流水行雲似的文字也如冰川般凝滯

戀愛越是長久越是感覺孤獨

交纏越是緊密越是拉遠距離

愛情本來就是一座迷霧森林

任憑用再好的筆墨

也描不清楚前進的路標與方向

愛情是一種潑墨的暈染

墨汁潑灑的濃淡往往無從拿捏

皴擦點染的弧度往往也是感傷的曲線圖

打翻一桌藍墨水

情書只剩下短短兩句

我按照我的風格愛妳

愛到妳允許我愛妳的最後一刻為止

2013 07 27 寫于 竹南 夢田農莊
2013 05 19 攝于 南投 合歡主峰

味道

陽明山的大花鐘轉動著順時針的硫磺味
妳剛剛燙好的大波浪長髮就隨著秒針蕩過來
粉櫻　海芋　杜鵑　繡球花
連青斑蝶的翅膀都流轉著嗆鼻甜蜜的焦香味

我是一個愛情的背包客
行囊裡裝滿了妳的味道

乾淨衣裙洗衣粉的味道
頭髮上薰衣草洗髮精的味道
刷完牙齒清新的牙膏味道
手指間流竄的資生堂蜂蜜香皂味道

初夏雨後的陽明山
雲霧正在繪製潑墨山水圖
妳的味道像濃濃的墨汁
在灰白色的宣紙卷軸上暈渲開來

2014 06 11 寫于 竹南 夢田農莊
2016 03 06 攝于 陽明山國家公園 大屯山助航站

攝影·詩

秋雨

千萬名僧尼誦經似的嘩啦啦地下著

秋雨　把七彩的楓葉給霧化褪去了顏色

秋雨　把熾熱的愛火也給澆得濕淋淋了

從濕淋淋的內心深處望去

那條愛的小徑也混沌成黃濁的泥河

楓林橋畔　妳沿花徑碎步走來

雨落在妳的足跡上

綻開出朵朵璀璨短命的白櫻花

千萬名僧尼誦經似的嘩嘩秋雨

強勢地洗滌妳我曾經合唱過的激情小曲

我們的愛啊　在雨的漩渦裡轉圈圈

一個轉順時針　一個轉逆時針方向

秋夜雨絲濡濕紅楓林的樹梢

一隻羽翼濕透的畫眉鳥

兀自喁啾地吟唱著濕淋淋的相思調

2012 11 30 寫于 竹南 夢田農莊
2015 11 19 攝于 日本 山梨縣 河口湖

攝影‧詩

妳過得好嗎

想問聲妳過得好嗎　卻講成小朋友好嗎

想問聲他對妳好嗎　卻講成妳氣色真好

想說聲我好想妳啊　卻講成我幸福美滿

楓林巧遇　相互寒喧

我們並沒有挖深往事的心情

送給妳的紅葉還留存著嗎

秋天已經開始為楓樹林染上顏色

楓林橋頭的別離還記得嗎

無法等待流走的水

無法等待逝去的光陰

無法等待重新霜紅的楓葉

無法等待無法等待無法等待的人

53

2013 08 27 寫于 竹南 夢田農莊
2012 11 22 攝于 台中 福壽山農場

攝
影
·
詩

夢中的自行車

夢是一台時間的過濾器

堆堆疊疊的往事透過濾紙

凝結成一滴一滴香醇濃郁的夢境

總會有一部單車在綠茵草原樹林小徑徐行

一位男生載著一位女生

有時穿越一片無邊無際的銀白色秋芒向晚

一位男生載著一位女生

夢具備數位相機自動對焦的功能

一根一根冰冷鋼條交織成為圓形年輪

男女主角的臉永遠處於凍齡青春

白髮的你正酸楚地凝視著黑髮的你

2015 10 14 寫于 竹南 夢田農莊
2015 05 14 攝于 彰化 溪州 鳳凰木隧道

攝影・詩

129

夢中的鋼琴聲

35 歲的我坐在客廳靠窗的凳子上
聽著我的女兒彈鋼琴
斷斷續續的琴聲流瀉出生澀的技巧與純真

55 歲的我坐在客廳靠窗的凳子上
看著　35 歲的我正在聽著我的女兒彈鋼琴
妻子在一旁輕輕地和著拍子哼唱著

70 歲的我坐在客廳靠窗的凳子上看著
55 歲的我　看著
35 歲的我正在聽著我的女兒彈鋼琴

旁觀望著夢中望著自己的夢中自己
夢中的鋼琴聲
婉轉地憑弔著流失歲月的燦爛節拍

2015 10 30 寫于 竹南 夢田農莊
2015 10 26 攝于 南投 夢谷瀑布

逃離愛情的磁力場

妳說

傷痕累累的愛情來來回回在腦海裡旋蕩

往事的風景一幕一幕旋轉旋轉旋轉旋轉旋轉

回憶　髣髴是一片無邊無際的黑洞磁力場

有時候覺得愛情痊癒了

時強時弱的磁力牽引著妳不停地不停地再回首

有時候覺得愛情堅強了

時強時弱的磁力牽引著妳重複地重複地再脆弱

妳說是不是距離要夠遠

才能夠逃離愛情磁場的致命吸引力

妳說是不是時間要夠久

才能夠逃離愛情磁場的傷悲電磁波

喝乾了一瓶紅酒

妳說妳終於成功逃離了愛情磁力場

甩了甩頭妳說妳迷惑了

逃離的到底是失望失落失敗的愛情傷痛

還是甜蜜炫目得意得志得寵的愛情禮讚

56

2015 12 06 寫于 竹南 夢田農莊
2016 06 23 攝于 苗栗 南庄

思想起

每一次　思想起

眼睛總會流蕩出暖暖的親切的光芒

蒸餾過的感情總帶著海洋季節風的鹹鹹味道

每一次　思想起

漂蕩過來的風景是時間的折射

一片玻璃穿透一片玻璃穿透一片玻璃

時間越久　玻璃越多層　風景越是模糊

而模模糊糊中浮現的愛情最是晶瑩剔透

每一次　思想起

習慣性總會凝望著遠方天空的流雲和星星

藍天依然存在　只是被烏雲遮蔽了

星星依然存在　只是被陽光遮蔽了

愛情依然存在　只是被現實遮蔽了

2014 07 30 寫于 竹南 夢田農莊
2016 06 24 攝于 宜蘭 外澳海灘 龜山島

知所進退的愛情

當愛情已經成為往事

當愛情變成謙謙有禮知所進退的落羽松

再相見或者從此不見似乎也沒什麼差別了

當冒險不再是支撐情愛的骨幹

當愛情變得不再驚喜與不安

愛情也不會因企盼而有扭傷脖子的風險了

知所進退的愛情呀

嚐起來的滋味好比蜂蜜檸檬水

甜甜蜜蜜的輕鬆又酸酸澀澀的沉重

知所進退的愛情呀

像隨風飄落的落羽松針葉

曾經是生命裡難以承受的輕

曾經是生命裡難以承受的重

58　　2015 01 15 寫于 竹南 夢田農莊
　　　　2015 01 13 攝于 田尾 菁芳園

攝
影
·
詩

137

隔著美麗的距離　想念妳

在遙遠的銀河那端　想念妳

藍調的愛情已經濾淨澄清了雜質

美麗的天空只留下燦爛的星星閃閃爍爍

在漫漫的時間之河那端　想念妳

時間的濾鏡會純化了愛情的質地

相見的時候不再悸動狂喜

分離的時刻不再撕肝裂肺

在美麗的距離之外　沒有猛水山洪

我們的愛情是一彎輕輕柔柔的小溪

妳可以開心地嬉戲放心地涉水而過

毋需擔心被沉溺

隔著美麗的距離　想念妳

妳的聲音像溫潤甜蜜的巧克力流淌

妳的眼睛如貓眼石般晶瑩璀璨

妳的笑容最適合剪裁成時尚的春裝搖擺

2015 04 01 寫于 竹南 夢田農莊
2016 07 06 攝于 南投 合歡主峰

微風往事

風力發電機在防風林懶洋洋攪動空氣

像似攪拌一鍋濃濃的情感酸辣湯

微風從長髮絲的木麻黃葉隙轉過來

從妳漂浮著玫瑰花香的髮梢轉出去

紫斑蝶一剪一剪剪來陣陣微風

剪來一段夏日濃稠的往事

我們穿過直挺挺的木麻黃林　看海

微風飄送一幅一幅愛情的剪影

生命是不允許我們討價還價的

微風往事裡有風景　也有風風雨雨

車開動　熱空氣動起來成了微風

暖融融微帶著涼爽的往日情事　一路倒退回去

成為防風林　成為浪花　成為紫斑蝶

2014 09 10 寫于 竹南 夢田農莊
2014 09 10 攝于 竹南 龍鳳漁港

愛情的針線活兒

愛編織的女人

擅長把愛情抽絲剝繭

絞成一段段鍾愛的心絲悄悄地擺藏在心房裡

夜深人靜的時候

抓起星空斜斜的淺藍色的月光絲線

編織起清清柔柔的愛情針線活兒

心情低垂的時候

折起細細的隨風擺蕩的楊柳條兒

編織起一唱三歎的愛情針線活兒

將虛的愛情編織成實的愛情編織成自己的愛情

將實的愛情編織成虛的愛情編織成自己的愛情

將愛情抽絲剝繭然後加工編織成自己的拭淚絲帕

上帝用亞當的肋骨創造了女人

女人磨細自己的肋骨創造了愛情的針線活兒

2015 02 21 寫于 竹南 夢田農莊
2015 02 09 攝于 中國 杭州 西湖

三角習題

往日那段刻骨銘心的戀情

偶然間的相遇

瞬間展延成為一個複雜的三角習題

過去的妳是個稚氣純真的少女

現在的妳已經枝繁葉茂兒女成群

長期隔離在時間兩岸的我們的愛情

早早已經脫離母體　宣告獨立

在時間的美學濾鏡中恣意夢幻成長

過去的妳　現在的妳　和　轉變的我

共同構築了危險的愛情三角習題

現在的妳還會迷戀著過去的我嗎

過去的妳的愛苗還會在現在的我的心田萌芽嗎

關於三角習題

我們是不是應該用感傷來保護自己

見面時是淡淡的冷冷的

想念時是甜甜的暖暖的

2016 01 10 寫于 竹南 夢田農莊
2014 11 20 攝于 日本 茨城縣 偕樂園

攝影·詩

美麗從哀愁中走出來了

清泉從濁流中過濾出來

花開從花落中綻放出來

愛情從分手中濃烈出來

靜謐從喧嚷中清靈出來

綠葉從枯枝中蓬勃出來

美麗從哀愁中超脫出來

妳從江南的油菜花田奔走過來

妳從哲學之道櫻花小徑奔走過來

妳從角館的楓葉木橋奔走過來

妳從愁絲編織成的時間畫布裡奔走出來

時間無法在妳的臉上留下經緯刻度

青春的容顏

美麗清澈間微帶著莊嚴的聖輝

63

2016 03 28 寫于 竹南 夢田農莊
2014 11 15 攝于 日本 秋田縣 角館

攝影・詩

離別的眼睛

莫非離別的男人都長著同樣的眼睛

悲傷中躲藏著幸福　值得收藏

妳說妳收藏了好幾雙這樣的眼睛

冰雪紛飛的夜晚

琉璃珠似的會流轉的溫暖眼光

是妳唯一的熱量來源

妳收藏了我薄情的眼睛了嗎

離別那夜　滿天星斗

妳烏溜溜的眼睛裡閃爍著滿天的銀河

當我鬆開妳緊握的雙手

銀河從妳的眼睛嘩啦嘩啦傾瀉下來

我悄悄地收藏著妳　離別的眼睛

2013 06 12 寫于 竹南 夢田農莊
2015 07 31 攝于 台東 多良火車站

愛情的新流感

在睡眠中死去　在夢境中重生

在清醒時夢著　在豔陽下暈眩

這就是愛情的新流感呀

看著柳葉想起眼眉

看著粉梅想起紅腮

看著溪流想起長髮

看著櫻花想起戀人

這就是愛情的新流感呀

當一見鍾情的病毒在中年季節發作

新流感會變成心流感變成馨流感變成辛流感

症狀是你好像被雷打到突然間渾身發顫

打了一個如夢似幻的噴嚏

分不清究竟是幸福呢還是不安

2013 10 29 寫于 竹南 夢田農莊
2013 04 05 攝于 日本 京都 圓山公園（櫻王）

食色男女

晚秋蕭瑟的樹林裡有鳥鳴啁啾

少年把灰白色的羊毛巾

纏繞著少女緋紅的脖頸上

少年說我會一直愛妳直到妳愛我為止

少女說我會一直愛你直到你不愛我為止

晚秋黃褐色的草原湖畔

羊群靜靜咬嚼著枯乾黃草

少年說如果愛我就要給我

少女想明天麻花辮子該灑上幾滴香香的桂花油

晚秋的清晨

蒙古包外達達的馬蹄聲揚塵遠去

男人離開時

把所有東西都留在氈房裡一走了之

女人離開時

會把發生過的事情細心打包一件一件帶走

2013 12 17 寫于 竹南 夢田農莊
2015 04 10 攝于 日本 大阪 造幣局

粉紅色

似有若無的色彩

流轉著色碼表顏色皆無法比擬的魅力

粉紅色

牽引著妳我之間縹緲虛無的愛情故事

這是專屬於人類的的迷幻色階呀

愛情的開始是天旋地轉的鮮紅色

愛情的結束是黯然銷魂的蒼白色

愛情的旅程是由紅漸層到白的粉紅色

妳說我是個令人迷戀的悔恨啊

離別時節的小港口

海上的船隻正揚起粉紅色的風帆

天空正飄蕩著粉紅色的雲朵

我們的體內充盈著粉紅色的愛的迷惑

2013 05 29 寫于 竹南 夢田農莊
2013 05 29 攝于 竹南 夢田農莊

順著楓葉的方向走過去

順著楓葉的方向走過去

你將經過一座苔蘚密附的獨木橋

順著橋下的流水走過去

你將經過一泓九寨溝藍似的水潭

楓葉的倒影像雲彩般絢爛暈染著感傷的顏色

如果你開啟往事的門鎖

感傷的面積也許還會增大些

這時　你不妨拾起一片凋零的楓葉

順著楓葉的紋路看過去

你會看見當年的那條散步小徑

順著小徑看過去

冷空氣把女人臉頰的紅暈浸染得更加豔麗

豔麗的黃昏彷彿整片從楓林樹梢流下來

2015 07 11 寫于 竹南 夢田農莊
2014 11 05 攝于 日本 秋田縣 抱返溪谷

有夜鶯在歌唱

有夜鶯在歌唱

聲音清越卻旋蕩著藍調

有夜鶯在歌唱

上弦月被熏染得淡藍且微帶淒涼

有夜鶯在歌唱

聲音彷彿在杉樹林梢流轉

幽怨的歌聲纖纖細細得會轉彎

無聲無息刺穿了你的心房

喜歡流浪的你　擅長等待的她

有夜鶯在歌唱

傳唱著催人痛哭的長篇幅樂章

流蕩的音符的是情絲

流淚的音符的是情思

流傳的音符的是情詩

2015 07 11 寫于 竹南 夢田農莊
2016 03 20 攝于 中國 浙江省 烏鎮 西柵

心事隨風

是誰把心掛上樹梢　隨風搖曳

是誰把心事掛上樹梢　隨風搖曳

是誰的心事

把樹梢上的樹葉都羞成紅滋滋的醉臉

風搖搖頭　真是一個多事之秋啊

掛在樹梢上的紅葉　被風搖落了

心事也被風搖落了

心也被風搖落了

風輕輕地吹拂

搖落了林梢上一樹的秋

2013 08 10 寫于 竹南 夢田農莊
2014 11 17 攝于 日本 岩手縣 中尊寺

迷霧的櫻

山把霧壓成了雲

匠把棉絮壓成了布

妳把愛情壓成了記憶的花布枕

寒氣脫落了綠葉化成了櫻

山風挑弄著雲海化成了霧

妳放肆過的情感

化成了一株春季裡的迷霧之櫻

踩著霧的步伐翩然飄動

一步一回眸

濕潤的眼睛　覆盆子色的紅唇

定格在縹緲迷霧中

妳是一株迷霧之櫻

霧以裙襬的步伐飄飄蕩蕩

漂蕩在我軟綿綿　輕飄飄　夢的花布枕

71

2015 01 31 寫于 竹南 夢田農莊
2015 01 31 攝于 新竹 五峰 涼山

攝
影
·
詩

163

父親

背影　穿透過午後木麻黃的擁擠陽光

粗糙的笑聲從貼緊耳朵的海螺貝殼飄近

從我童年往事的塑膠竹筏走過來

父親肩膀隆起的肌肉像夏天的雲朵

胸膛似乎可以聽見魚群跳躍的浪濤聲

陽光似乎是滲不進他堅硬的皮膚

揮汗如雨他依舊除草施肥沉默不語

偶爾凝望詭譎無雲的藍天

油綠綠西瓜園滾燙的濱海沙地裡

父親像一具青銅雕塑的只會耕耘的犁

走過漁業時代農業時代工業時代

走過 20 年代 30 年代 90 年代 100 年代

海灘的皺褶重疊著沙田的皺褶

重疊著綠色作物的皺褶

重疊著臉上斑駁的皺褶

父親　皺也不肯多皺一下眉頭

我和他一如童年往昔肩並肩坐在海灘上

細數著被潮水捲走的光陰與往事

時間對調了我們的身型

夕陽西沉了　月亮東升了　西瓜成熟了

2013 08 06 寫于 竹南 夢田農莊
2014 04 09 攝于 竹南 崎頂里

2016 01 20 攝于 中國 四川省 九寨溝 長海

HELLO DESIGN HDI0014

攝影 ‧ 詩
詩 情 攝 意

作　　者	曾進發
主　　編	CHIENWEI WANG
美術設計	陳文德
校　　對	SHUYUAN CHIEN
執行企劃	劉凱瑛
總 編 輯	余宜芳
董 事 長	趙政岷
出 版 者	時報文化出版企業股份有限公司
	108019 台北市和平西路三段 240 號 3 樓
	發行專線—(02)2306-6842
	讀者服務專線—0800-231-705. (02)2304-7103
	讀者服務傳真—(02)2304-6858
	郵撥—19344724 時報文化出版公司
	信箱—10899 臺北華江橋郵局第 99 信箱
	時報悅讀網—http://www.readingtimes.com.tw
法律顧問	理律法律事務所　陳長文律師、李念祖律師
印　　刷	金漾印刷有限公司
初版一刷	2016 年 09 月 20 日
初版三刷	2021 年 09 月 16 日
定　　價	新台幣 330 元

時報文化出版公司成立於一九七五年，並於一九九九年股票上櫃公開發行，
於二〇〇八年脫離中時集團非屬旺中，以「尊重智慧與創意的文化事業」為信念。

ISBN 978-957-13-6760-6
Printed in Taiwan

攝影‧詩：詩情攝意 / 曾進發 著.
-- 初版. -- 臺北市：時報文化, 2016.09
168 面；16 × 20 公分. -- (Hello Design 叢書；HDI0014)
ISBN 978-957-13-6760-6 (平裝)

1. 文學 2. 詩集

851.486　　　　　　　　　　105015289